HEAVEN'S DROPS

ヘブンズドロップス

みなみななみ

Forest Books

暗やみを歩いていた
私の足もとに
あなたのことばだけが
あかりを灯してくれた

やわらかな光が　そっと
行く道を　照らしてくれる

目　次

I

選ばれた人

むずかしいことは　わからない
何の役にも　立てないし
尊敬されることもない
世の中には
いてもいなくてもいい存在

そんな私を
神さまが　選んでくれた
何もないから
選んでくれた

こうなると
すべては　神さまの力だって
よくわかる

今、神さまを
信じていることも
ただ　神さまの知恵と力

強いのも　すごいのも
神さまひとりだけなんだ

私が生まれる前から
神さまは
私を　見ていてくれた

生まれる前に
ひっそりと少しずつ
内臓や骨が
組み立てられ

私の体が
できていく
成長の過程を
神さまはずっと
見守っていてくれた

まだ私の人生が
一日も
始まっていないときから

私の人生の日は
すべて
神さまの本に
刻まれている

詩篇139篇13－16節によせて

このからだの　不思議で複雑なしくみ
細部にいたるまで正確な計算で
神さま　すべてあなたが
驚くほど精密に整えられました

あなたがその手の
すばらしい技を用いて
私をつくってくださったこと
神さま　どうもありがとう

このからだが組み立てられた
まだ暗いお腹の中でも
神さまには私が見えていたそうですね
私が生まれる前からずっと
あなたは私を
よく知っていたんですね

神さまが私のことを
思ってくださる
その思いは大きすぎて
わからないことばかりですが
私にとっては　貴くて　とても大切なものです

詩篇139篇13－17節によせて

神さまが
涙をみんな
ふいてくださる

もう
死ぬことも
悲しいことも
なくなる

つらくて叫ぶことも
痛いことも
ぜんぶ　なくなる

これまでのようなことは
やがて　もう決して
繰り返されなくなる

横になる

眠る

目がさめる

それも　また

神さまが

ささえてくれたこと

詩篇3篇5節によせて

たとえば　あなたの親が
うまく子どもを愛せなくて
あなたに　ずっと
悲しい思いをさせてきたとしても

わたしは　あなたを
ずっと愛し
片時も　忘れない

イザヤ書 49 章 15 節によせて

ちゃんと覚えていてほしい

いつも　あなたといっしょにいること

世界が終わるときまでだって
ずっと　ずっと
あなたのそばにいる

マタイの福音書 28 章 20 節によせて

II

苦しみにあうときも

神さまのまえでは
がまんしないで　泣く
私が　泣いている声を　じっと　聞いてくれる

すごく困っているときは
神さまが　何かしてくれるまで
どうにもできない……

つらすぎて　お祈りもできない……

でも
あなたは　きっと
そばを歩いて
導いてくれるはず

 詩篇 77 篇によせて

心の中にある
ずしんと重いもの
神さまに　預けよう

神さまが
代わりに　背負ってくれる
神さまが　助けてくれる

私は
神さまに　頼るんだ

詩篇55篇22、23節によせて

人生が　とてもたいへんなとき……
神さまが　いなくなったのか？　と
あわてないで

恐縮ですが
切手を
おはり
ください

郵便はがき

〒164-0001
東京都中野区
中野 2-1-5

いのちのことば社
フォレストブックス 行

お名前

ご住所 〒

Tel.

男　女

年齢

ご職業

WEBからのご感想投稿はこちらから
https://www.wlpm.or.jp/pub/rd
新刊・イベント情報を受け取れる、
メールマガジンもございます。

愛読者カード

書名

お買い上げの書店名

本書についてのご意見、ご感想、ご購入の動機

ご意見は小社ホームページ・各種広告媒体で匿名にて掲載させていただく場合があります。

本書を何でお知りになりましたか？

1. □ 広告で(　　　　　　　　)
2. □ 書店で見て
3. □ ホームページで(サイト名　　　　　　　　)
4. □ SNSで(　　　　　　　　)
5. □ ちらし、パンフレットで
6. □ 友人、知人からきいて
7. □ 書評で(　　　　　　　　)
8. □ プレゼントされて
9. □ その他(　　　　　　　　)

今後、どのような本を読みたいと思いますか。

ありがとうございました。

ちょうど　いま
キリストの通った後を
歩いているところ

だから　喜んで

大切な通り道
神さまの
すばらしい光が
ほんの少し先で
待っているから

 ペテロの手紙第一 4章12、13節によせて

あなたのところに
降りかかってきた
とても大変な出来事

でも　それは
かつて　だれかが
通り抜けてきた　同じ苦しみ

だから　どうか
覚えていてください

神さまは　あなたの魂が
おしつぶされてしまうところまで
あなたを追いやったりは
絶対にしません

あなたが
このときを
通り抜けていけるようにと

神さまは
このただ中に
あなたのすぐそばに
ずっとおられます

あなたには　ちゃんと
話しておいたよ
あなたの心が　揺れないように
深いところで　あなたが
おだやかにいられるように
この世界で　あなたは
苦しみを　かかえている
けれど　しっかりするんだ
わたしはもう　この世界に　勝っているから

ヨハネの福音書16章33節によせて

III

だいじょうぶ　だいじょうぶ

たとえ私が　弱さに負け
神さまとの約束を
ないがしろにしてしまっても
神さまは約束を忘れない

愛すると決めたら　さいごまで
それは　何があっても　変わらない

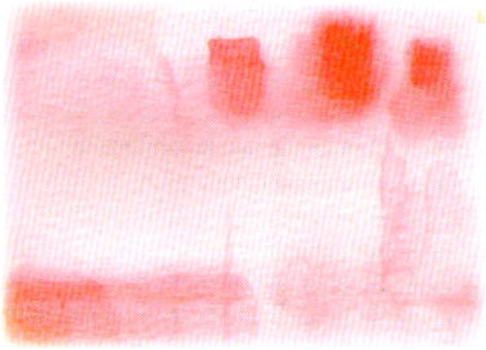

 テモテへの手紙第二 2 章 13 節によせて

神さまが
待てと言う限り
私はずっと待っている
だって
私が望んでいるものはすべて
神さまがくれるものだから

神さまは
私の魂の休み場所
助けと栄光は神さまにある

ねえ　だから
どんなときも
神さまに信頼しようよ

心の中のものぜんぶ
神さまにぶちまけよう

神さまのところは安全な場所

格差社会の下のほうでも上のほうでも
そんなランクに意味なんてない
上がったり　下がったりするけれど
たとえお金持ちになっても
それを自分のよりどころにしちゃだめ

神さまは前にも言ったし
今も言っているけれど
力は神さまのもの
恵みも神さまのもの
神さまが報いてくださる

神さまが
先に　歩いてくれる
いっしょにいてくれる

神さまは　あなたを
見放さない
神さまは　あなたを
見捨てない
もう　不安にならないで
もう　怖がらないで

申命記 31 章 8 節によせて

ことばにできないくらい　苦しかった

失った悲しみと
粉々になった思いが
いつまでも離れていかない

それなのに
希望が　生まれてくる

神さま　あなたを
思い出すとき……

神さまの愛には　終わりがない
神さまのあわれみは　なくならない
それは
毎朝　新しくつくられる

神さまは　なんて
真実な方なのだろう

神さまがいてくださる

ただ神さまの中に
私の希望がある

哀歌 3 章 19 － 24 節によせて

もっと強い人になりたい
もっと力が必要なのに
と嘆くたび
神さまは　言う

「あなたに必要なのは
わたしの恵みだけ
それなら　もう十分
もっているじゃない？
あなたが弱いからこそ
わたしの力が
生きてくる」

そう言われたら
弱くても　いいや　と思った
打ちのめされ　孤立し
苦しく　先の見えない中で
相変わらず　弱い自分

でも　神さまが力になってくれるなら
それでもいい　そのほうが　いい

私がうんと弱いので
神さまの力がいっぱい必要で
神さまのくれる分だけ　私は強くいられる

コリント人への手紙第二 12 章 8－10 節によせて

まわり中　問題だらけ
でも
状況になんか
つぶされない

どうすればいいか
私には　さっぱりわからない
でも　どうしたらいいか
神さまには　すっかりわかっている

だいじょうぶ
だいじょうぶ

コリント人への手紙第二４章８節によせて

IV

向きを変えて

善いことしたって　しようがない
まじめに生きるのは　もうたくさん
……なんて言わないで
がっかりし過ぎて
あきらめてしまわないで

やがて
いちばんいいときに
祝福を収穫する日は
必ず来るのだから

ガラテヤ人への手紙６章９節によせて

もう自分はこれでいい　と
あなたは思っている
けれど　本当の姿が
あなたには　見えていない

間違いに　気づいてほしいのは
あなたを　愛しているから

いのちから離れた生き方を
続けさせたくないのは
あなたがとても大切だから

間違っていたのを　認めて
神さまの方を向くこと

それを　あなたには　今
一生懸命やってほしい

わたしはここに
あなたの　すぐそばに
ずっといるから

ヨハネの黙示録 3 章 17 − 20 節によせて

泥沼から
あなたを　引き上げて
その足を　岩の上に
神さまは　置く

あなたが
転ばないように
しっかりと
歩いていけるように

詩篇40篇2節によせて

戦いや　争いのかわりに
ともに歩く道を探していくとき

神さまの
祝福の中にいる

神さまの家族の一員だってこと
とても　よくわかるから

ひとりより
だれかといっしょがいい
いっしょに仕事したり
良いものを分け合ったり

自分がダメなときには
力になってくれて

ひとりでは　無理なことも
だれかいっしょにいれば
立ち向かえる

それにあと一人いたら
もうだいじょうぶ

三つよりの糸なら
そう簡単には切れないもの！

愛は　あきらめない
愛は　相手を思いやる
愛は　うらやましがらない
愛は　じまんしない　えらそうにしない

失礼なことをしない
自分のことばかり考えない
怒ったり不機嫌になったりしない
人がまちがっても　根にもたない

悪いことに　流されない
本当のことを　大切にする

愛は　信じる
いつだって　希望を見いだす
最後まで　前に進んで行く
本当の愛は　絶対に　なくならない

コリント人への手紙第一13章4－8節によせて

いのちの光が
やみに輝いている

やみには
この光を
消すことは　できない

ひとり子を
この地に　送って
神さまが　伝えたかったこと

こんなにも
あなたを
愛している

ヨハネの手紙第一 4章9節によせて

あとがき

神さまは　いるのでしょうか。

行く先に光が見いだせず歩きだせないとき。願いから遠い状況が続き、天を仰ぐことが空しく思えるとき。神さまがいるならなぜ、と怒りとも悲しみともつかない思いで心がいっぱいになってしまうことがあります。

ことばは不思議です。

身の回りの状況は何一つ変わっていないのに、語られたことばがとても短かったとしても、そのことばを受け入れた瞬間から、自分の心のある場所がすっかり変わり、物の見方が良くも悪くも変わります。

自分で自分に向けることばなら、応援になるような、幸せになるようなことばを語りたい。けれども、なぜ

だかそうはせず、私はつい否定的で心が沈むようなことばばかり自分に言い聞かせてしまうのです。そうなると自分のいる場所がとても暗く感じられてきます。

かつてアフリカの小さな島に滞在していたとき、文字通り真っ暗やみの中を歩いたことがあります。街灯は一つもなく、月明かりもない夜でした。道が見えないどころか、目の前にかざしたはずの手のひらすら見えません。けれどもいっしょにいた目の良いアフリカの友人たちには、ふつうに見えていたようで、突然ぐいっと私の手を引いて「危ない！　ぶつかる！　なんでロバに向かって歩いているんだ！」と、叱られました。ロバと衝突する寸前だったことも、私にはわかりませんでした。その後、私は島では必ずランプや懐中電灯を手に持って歩きました。街灯のように遠くの方までは照らせないけれど、私の足がつまずかないため、ロバや樹木にぶつからないためには、手に持った一人分のあかりで十分でした。

聖書のことばは、私にとってそんなあかりです。どこが道かもわからない、先が見えない暗い中を歩いているような毎日に、聖書に書かれていることばに力づけられ、危険から守られ、歩むべき道を示してもらったことがどれほどたくさんあるでしょうか。

聖書のことばは人生の指針……と思う一方で、聖なる書物は、私にとってはやや手強くもあります。厳選され丁重な日本語で書かれた文章は、煩雑な私の日常からは遠く、字面《じづら》を目で追うだけでは頭になかなか入ってこないことも多く……。

そんなときは何度も読み返し、他の訳の聖書を読み

比べ。どういう意味かなと、考えているうちに、心の中でいつのまにか自分の使い慣れたことばに置き換わります。「患難」が「つらいとき」に、「感謝します」が「ありがとう」というふうに。そしてそんなことばを、心の中で思い返していると、色、形、絵が浮かんできます。ですので、私は聖書を読んだ感想や応答をことばと絵で、自分の覚え書きにしています。

　この本は、聖書のことばのエッセンスを私の心のフィルターで抽出し小瓶に詰めたものです。この本を手に取ってくださったあなたの心に、ことばの光が届きますようにと祈っています。

みなみななみ

【参考にした聖書一覧】
聖書 新改訳
New Living Translation
New International Version
The Message
リビングバイブル
口語訳聖書(1955)

ヘブンズドロップス

2016年10月15日発行
2023年 1月20日 4刷

絵&文　みなみななみ

発行　いのちのことば社フォレストブックス
〒164-0001　東京都中野区中野2-1-5
編集　TEL 03-5341-6924　FAX 03-5341-6932
営業　TEL 03-5341-6920　FAX 03-5341-6921
HP　http://www.wlpm.or.jp

装幀　吉田葉子
印刷製本　モリモト印刷株式会社

ISBN 978-4-264-03385-1　C0092